Gedanka-Breggela

Schwäbische Ansichten und Einsichten

Neues vom Saitenwurscht-Äquator...

von
Sonja & Wilfried Albeck

Imbressum - oder was mr wissa sott...

Texte und Ideen: Sonja und Wilfried Albeck

Illuschtraziona: Michael Gref

Bearbeitung und Geschtaltung: Sonja Albeck

Druck: Druckerei Scholz, Flein

Erschiena im: Verlag Albeck, Flein

Kirchgasse 14, 74223 Flein
Fax 07131-572661
Internet: www.saitenwurscht.de

...auch dieses Buch ist wieder in der neuen deutschen Rechtschreibung verfasst - etwaige Fehler sind daher beabsichtigt...

ISBN 3-9806999-6-X

Inhalt

Seite

Naheliegend	10
Mir schaffa dro	12
Berauschend	13
breggelesweis	14
Irrahaus	16
Erschütternd	20
So isch's	21
Strg-Alt-Entf	22
S'hat au sei Guat's	24
Assimilation	26
Hasch dr jo nix saga lassa	27
Bildung ko nia schada	28
Subberschtar	29
Alles zu schpät!	30
Mr sott ofanga uffhöra!	32
Einleuchtend	33
Über Kunscht lässt sich schtreita	34
Zeitfenster	37
Guat	38
Pei-Bäck	39
pecunia non olet...	41
Bis z'letschta	43
Schneller geht's...	44
Relative Sicherheit	45

Inhalt | Seite

Garantiert	46
Bleiba lassa	49
Vollkasko	50
Hefezopf-Mobbing	51
Dienschtleischtungswüschte?	52
0-1-0	54
Uschuldich	55
Ordnung	56
Hausfrauabeichte	57
Au wieder wohr...	58
Des glaubsch!	60
Beliebt?	61
Traum-Breggela	62
Sekundenliebe	63
Liebe isch...	64
Jo nix vokomma lassa	66
Schlussfolgerung	68
Begehrtes Amt	70
Freudenquelle	71
Opfer	74
Heimliche Beilage...	76
Jahrhundertsommer?	77
Grund genug!	78
Schtammlokal	80

Inhalt

Seite

S'tägliche Brot...	82
Alternative Koscht	85
Gaschtfreindschaft	86
Bei uns ko mr fei..	87
dr Pfupferer	88
Gedanka-Breggela	90
Guter Rat	92
Pädagogisch	93
Wertewandel?	94
Die Evolution des Pazifismus	96
Mittadrin und außa vor	98
Gell?	99
Widerschtände	100
Ohne Zweifel!	101
Einseitige Bildung	102
Nachtrag zum Vortrag	104
Depressiver Single-Sonndich	106
Wen intressiert's?	107
Gewisse Enge	108
So sind mr halt	109
Glück	110
Leit gibt's...	111
Die Qual der Wahl	113
Wenn scho...	114

Inhalt Seite

Dackelhaft!	115
Ausnahmefall	116
Schlecket	117
Oisa kloi	118
Getäuscht?	119
S'Innere zählt	120
Vitamin B	121
...immer guat uffbassa!	122
Wer lang frogt...	124
Zu dumm	127
Herbschtlich...	128
November	129
Hasch scho ghört?	130
Saukerle	131
S'ziagt sich	132
1984	133
Reformhaus	134
Kerzagrad nunder	136
Sonderbar	138
Hochseilgarta	140
Wia jetz?	141
Ugfähr so...	142
Voll	143

Bruchstücke (Vorwort)

Das vorliegende Buch, zusammengestellt aus kurzen Momentaufnahmen und kleineren Stückchen (schwäb.: Breggela), hebt sich bewusst etwas von unseren bisherigen Mundartbüchern ab. Zum einen, da sich in unserer „Schublade" im Laufe der Zeit so einiges an kurzen Gedanken und Notizen angesammelt hat, zum anderen, um auch einmal eine andere Seite unseres „schwäbischen Schaffens" aufzuzeigen.

Wenn man vor seinem geistigen Auge das Leben Revue passieren lässt, so sind es meist nur herausragende Ereignisse, welche in der groben Erinnerung nach vorne kommen. In der Hektik des „Heute" werden wir mit Eindrücken geradezu erschlagen. Für Feinheiten und Zwischentöne bleibt da kein Platz.

Wir haben versucht, einiges von dem, was nebenbei und unbewusst so geschieht, durch die Brille der, natürlich bodenständig und Heimat verbundenen, schwäbischen Weltanschauung, zu betrachten. Immer wieder eingestreut liegen teils uralte, teils moderne schwäbische Lebensweisheiten, welche mit ihrer Doppeldeutigkeit und schonungslosen Aussage nichts von ihrer Treffsicherheit verloren haben.

Selbstverständlich darf in einem unserer Bücher der Humor nicht zu kurz kommen - aber wie gewohnt natürlich knitz und hintergründig zwischen den Zeilen.

Hinter die Kulissen blickende Gedankengänge, in denen das „gesunde Volksempfinden" der Schwaben pointiert aufgezeigt wird, sollen die vielen Facetten der schwäbischen Seele widerspiegeln. Rotzfrech und bittersüß, dabei immer mit einem gewissen Verständnis für menschliche Schwachheiten, lässt sich in den Texten eine durchaus kritische, teils in „Gebruddel" gipfelnde Lebenseinstellung erkennen, die uns Schwaben von Natur und auch von Herzen aus so eigen ist.

Alles zusammen, findet sich in den „Gedanka-Breggela" wieder die rechte Würze, das anregende Elixier, für die von uns Schwaben so dringend benötigten Momente der Muse.

Doch nun genug damit und nur noch als kleine Einstimmung ein kurzes, passendes Dichterwort:

„Was wir in unserm Kämmerlein
still und fein gesponnen,
kommt - wie kann es anders sein,
endlich an die Sonnen."

J.W. von Goethe

All unseren Leserinnen und Lesern wünschen wir mit unseren „Gedanka-Breggela" viele gute Gedanken und Anregungen, neue Erkenntnisse und natürlich beste Unterhaltung.

Herzlichst
Sonja und Wilfried Albeck

Naheliegend

Du, der do, isch der do von do?

Des däd i wissa.

Den hab i no nia gseh.

So oiner fällt glei uff!

Wo der wohl herkommt?

Heit ko doch komma wer will!

Wia der scho glotzt!

Gugg net so no!

Was der bloß do macht?

Wahrscheinlich nix Rechts.

Dia wisset scho, wo se no müassa.

Wenn se au sonscht nix wissat!

Zu uns ko mr halt komma!

Von überall.

Und der?

Woher kommt'n der doher?

Wer weiß, woher.

Wenn'r net von do isch...

...ko'r net weit her sei!

* * * * *

„Wenn mr d'Leit kennt und
dr Weg, no isch guat bettla.

*

„Des ko koi rechte Maus sei,
wo bloß oi Löchle weiß."

Mir schaffa dro

D'Hüahner in Schtall,
s'Felghäule in's Gartahaus,
s'Rad in Schuppa,
s'Auto in'd Garasch,
Hoftor zua,
Tür abschließa,
Fenschter zua,
Rolläda runter,
dia Dritte in's Gläsle,
s'Licht aus,
Bettdecke drüber -
so...!

Ordnung isch, wenn alles sei Ordnung hat,
ordentlich, uffgräumt, gschleckt,
no isch guat,
so muass sei,
Ordnung isch des halbe Leba -

und dia onder Hälft
kriaga mr au no so weit!

Berauschend

Was hasch'n?

Hasch ebbes?

Ha du hasch doch ebbes!

Hasch's bald?

Jetz hasch's!

Hasch denkt!

Hasch de gschnitta!

Hasch mi?

Net?

No hasch ghett!

* * * * *

„Wer phäb am Wasser baut hat,
braucht net so viel brunza."

breggelesweis...

Wenn'd Sonn durch kahle Äscht wieder
kräftiche Schatta wirft.
Wenn an de Haselbüsch
d'Lämmerschwänz schtäubet
und an de Wänd die erschte
Feuerkäfer krabblet,
no geht's vorwärts - breggelesweis.

Wenn dr Wengertsknoblauch schiabt
und scho d'Knöpf in de Milchbüsch hocket,
ganz eng innadrin.
Wenn's morgens d'Vögel wieder wichtich hent
und Maulwürf ihre Häufa
aus'm frischa Gras schiabet - breggelesweis.

Wenn alles zum Treiba ofangt
und's oin selber umtreibt,
naustreibt - an's Licht.
Wenn's Leba wieder an Gang zualegt
jeden Dag a Schtückle,
immer weiter - breggelesweis,

no isch s'Frühjohr net weit.

SCHWABEN
LAND

Irrahaus

Hent Se scho 10 Euro für des Quartal zahlt?

Scho letscht Woch.

No brauch i'd Quittung.

Die hab i net.

No kriag i 10 Euro!

Aber, i hab doch scho letscht Woch ...

Ohne Quittung geht nix.

I hab doch jetz glei an Termin!

Do kann i nix macha.

Sie Freilein, ha jetz glaub i's glei ...

Quittung oder 10 Euro!

Wenn i letscht Woch net scho do gwä wär und zahlt hätt, no hättet Se mir jo gar koin Termin geba könna!

Waret Se letscht Woch beim Dokter drinna?

Ha freile.

No muass i gugga.

Gugget Se!

Sodele, do schteht: Praxisgebühr bezahlt gega Quittung!

Sag i doch!

Also hent Se doch a Quittung!

Aber net drbei!

No koscht's 10 Euro!

Mi haut's um!

Wellet Se sich nolega?

I will mi net nolega, i will in'd Schprechschtund!!!

Aber net ohne Quittung!!!

... ...

AOK
akut

Isch Ihne net guat?

Wisset Se was?

Noi!

Schreibet Se mir a Überweisung für dr Irraarzt raus!

No kriag i 10 Euro!

... ... (fällt um)

Herr Dokter, kommet Se schnell, scho wieder a Notfall...

* * * * *

„Wer denkt, hat's nötich."

❇

„Ama schöna Dag isch's aus mit de schöne Däg."

❇

„Wenn'd Leit net so wäret wia se sind,
könnt mr se lassa."

Erschütternd

Alles wartet,
dass sich ebbes duad,
bolitisch,
aber
s'lässt koin Rucker, als bloß a Ruckerle.
Also
warta mr weiter,
grad so,
als wenn mr uff a Erdbeba
warta däd,
wo net kommt
und wenn's doch kommt,
no
hagla mr alle um.

So isch's

I will jo nix saga,
i moin,
also - i moin jo bloß,
aber des
wird mr jo no saga dürfa.

Mr braucht net zu allem Ja und Ama saga.
Sei oigene Moinung
isch oim scho wichtich,
des sag i dir,
wenn's au net höra willsch...

.....

I will jo nix saga,
aber
mr schwätzt halt...

Strg - Alt - Entf

Die Rente isch sicher -
hat's gheißa.
Von wega,
nix isch meh sicher.

Se schraubet am Rädle,
se zwagget's oim ab
vom Erschparda,
wo mr sich's abzwaggt hat
s'Leba lang.

Von oba runter gschteuert
soll sein Lebensobend
genießa wer will!

Ab 65 sollsch nimme zum Arzt,
scho gar net in's Krankahaus,
d'Tabletta und alles sowieso selber zahla.

Als Rentner muasch jetz
bei „Rot" über d'Ampel,
damit's schneller geht.

Sozialvoträgliches Frühableba
saget se,

net aussitza bis z'letschta.
Sei Schicksal selber in'd Hand nehma,
beizeita aktiv werda
und net warta,
bis dr Sensamo kommt.

Dia alte Schtorra müasset raus
aus'm Bevölkerungsdickicht,
damit dia Junge nochwachsa könnet.

Dr Platz überlassa
und s'Häusle au.
Ebbes do für dr Schtaat,
damit d'Rente sicher isch -

für die nägschd Generazio.

* * * * *

„Unter ma schlechta Dach
leidet s'ganze Haus."

*

„Dia Alte saget net alles und
dia Junge brauchet net alles wissa."

S’hat au sei Guat’s

D’Poschtschtell?
Brauchsch net suacha,
gibt’s nimme,
uffglöst,
heißt jetz Agentur.

Wird nebaher gmacht,
in dr Reinigung,
bei de Schreibwara,
im Kebab-Lädle,
nebaher halt.

Heißt jetz Poscht AG,
s‘braucht Gewinne
wegam Aktiakurs,
heißt jo au Volksaktie,
weil’s so viel kauft hent.

No sott halt au
s’Volk
ebbes drfür do,
für dr Kurs

und net bruddla!

DÖNER
POST
DÖNER
DÖNER
3,- €
BRIEFMARKEN
55 cent
1,- Euro
PAKET
6,40 Euro
COLA
2,- €
2,-€
1,20 €

Assimilation

Mir schwätzet so, wia uns dr Schnabel
gwachsa isch,
au wenn's von überall reidrückt
des ausländische Gschwätz.
Über'm groBa Teich oder sonschtwo,
hent se scheint's z'viel drvo
oder wellet's loswerda.
Aber bei uns
kommet se an dia Rechte!
Hä!!
Des hent anno au scho d'Franzosa probiert
mit ihrem hochgschtochena Französisch.
Doch was isch gwä?
Hä?
Mir hent's Beschte drvo gnomma
und vodeitscht...

Hasch dr jo nix saga lassa

Der muass uff's Gymnasium,
so guat wia der isch!

Lass'n schtudiera,
der hat's Zeig drzua!

Aus dem wird beschtimmt an Broffessor,
do ko'sch Gift druff nehma.

*

Was isch'n aus deim Kerle worda?

*

Was?

Arbeitslos?

Hätt i dir glei saga könna!

Hättsch'n was Recht's lerna lassa!

Bildung ko nia schada

Mir hent an neua Taxifahrer
bei uns
in dr Schtadt,
an Schtudierta
mit ama haufa Semeschter,
an Promowierta
mit Doktertitel -
an Gscheita halt.
Zu dem
ko'sch ohne weiteres neihocka,
der weiß, wo's nogeht,
wo der so gscheit isch,
der find dr Weg,
wenn'r au sein oigena
net gfunda hat...

Subberschtar

Muasch nix kenna,
außer a recht‘s Gschrei macha
und ma rechta Scheiß -
no kommsch in’d Zeitung,
no kommsch in’s Fernseh.

Je bleder d’bisch, je weiter kommsch,
hochgjubelt zwischa dr Werbepausa,
so isch’s heit,
subber - gell?

* * * * *

„S’wächst oim koin onderer Kopf,
aber an onderer Sinn.“

Alles zu schpät!

Können Sie mir bitte die Uhrzeit sagen?

Gleivoll zehn vor dreiviertel.

Wie bitte?

Fümpf nach halber halt!

Wie??

A weng wenicher wia halber uff ganz!

???

Hä - voschtehsch du koi deitsch?

Doch, ich meinte doch nur die Uhrzeit...

I hab dr's doch gsa!

Ich kann Sie aber nicht verstehen!

Wieso frogsch no?

TICK
TACK
TICK
TACK
TICK
TACK
TICK
TACK
TICK
TACK
TICK
TACK
TICK
TACK
TICK
TACK
TICK
TACK
TICK

Mr sott ofanga uffhöra!

➜ Machet jo so weiter, no kommet dr net weit!

➜ Hinterher isch's oim meischtens nimme drnoch.

➜ Über kurz oder lang war's net weit her.

➜ Immer's gleiche mit'm neimodischa Zeig's!

➜ Guat schmecka duad's fei net schlecht.

➜ Was i ghört hab, ghört sich net!

➜ Wenn i mein Geldbeutel zuaheb, hebt mi mein Geldbeutel aus.

➜ Saumäßich schö isch gwä.

➜ Des gschenkte Zeigs ko mr gschtohla bleiba!

➜ Au vom Wenicha kriagt mr z'viel.

➜ Siehsch, was i dir saga will?

Einleuchtend

Wenn'd wieder im Radio hörsch,
was alles passiert isch,

wenn'd wieder im Fernseh siehsch,
wia's zuageht uff dr Welt,

wenn'd wieder in dr Zeitung liesch,
wia alles hintanum geht,

ko'sch mit ruhigem Gwissa oin saufa geh!

* * * * *

„Alles lässt nach,
bloß s'Nachlassa nimmt zua."

Über Kunscht lässt sich schtreita

Sag mol, was isch denn des für a Gschmäckle?

Ja, jetz merk i's au.

So ebbes hab i scho ewich nimme grocha.

Glei komm i druff!

Lass mi nomol a Nas voll nehma!

I hab's - des - des isch a Mischde!

Genau, a richtiche Mischde!

Des duat guat. Herrlich!

Scho lang hab i nix meh so Guat's grocha!

Mir denkt's no wia heit.

Weisch no, als Kinder?

Kunstobjekt
Misthaufen

Mittadrin im Dreck!

Des waret no Zeita.

Dr ganze Dag gsuddelt, obends im Schpeck hoimkomma.

Oifach sche isch des gwä.

Dass mr des no erleba dürfa, a echte Mischde, mitta in dr Großschtadt.

Gugg mol, do schteckt a Schild drinna!

Wo? Lass mol seha!

Kultursommer, Kunschtobjekt Nr. 17,
Misthaufen - Atelier Miriam Zweigle

Kunscht! Jetz kann i gar nimme!

Vor a paar Johr hat mr mit Gwalt dr letschte Bauer vojagt und heit isch's Kunscht!

Des - des schtinkt zum Himmel!

Zeitfenster

Früher isch alles besser gwä wia heit!
Und morga?

Isch morga alles schlechter wia heit,
wo's heit scho schlechter isch wia früher?

Und übermorga erscht! Soll's do noch
liadricher werda wia schlecht
oder am End no schlechter?

No wär's jo so gseh heit scho guat, sauguat
sogar, viel besser wia's morga gwä wär,
wenn's übermorga so werda däd, wia's von
früher uff heit scho isch ...

So gseh -
könntet mr zfrieda sei.

* * * * *

„Je voller dr Beutel, je leerer s'Herz."

*

„Au wenn's Maß voll isch,
eigschenkt wird weiter."

Guat

Wenn's immer bloß guat geht,
isch's gar net guat, do isch oft uguat,
weil mr nimme merkt, dass guat geht.
Wie guat ko's sei,
wenn's mol zwischanei
net ganz so guat geht,
no weiß mr doch,
s'Guatgeh z'schätza
und weiß au wieder,
von was mr schwätzt,
wenn's oim wieder besser geht.

No isch wieder guat.

* * * * *

„Oimol guat glebt denkt oim lang."

Pei-Bäck

S'geht ganz oifach. Muasch bloß an Zettel ausfülla, deine Personalia ogeba und so, no kriagsch a Kärtle und des darfsch dann mit deim Scheckkärtle an dr Kass vorzeiga.

So schreibt mr dr in immer mehr Gschäft Punkte guat, darfsch nebabei schpara, weil'd so an guater Kunde bisch und weil dich alle mega.

Hintarum hent se de regischtriert, wisset, wo du wohnsch, was de hasch, was de kaufsch. No wisset se genau, wer du bisch. Jetz bisch a Nümmerle im Syschtem und des sorgt dann für di. Vom Syschtem kriagsch genau dia passend Werbung oder amol an Telefonoruaf von ma freindlicha, hochdeutsch schwätzenda Berater, wo dei Bescht's will. Des Syschtem will des bei dr hola, was se dr vorher mit Pünktla rausgeba hent und am beschta no a bissle drzua!

Des isch dr Pei-Bäck, bloß weiß mr des net so, weil des aus'm Englischa kommt. Aber Pei-Bäck heißt halt: Sie zahlet's oim zrück...

pecunia non olet...

...hat's domols im alta Rom gheißa, wo se für's Benütza vom Scheißhäusle an Obulus volangt hent. Und so isch's bis heit blieba, egal, was für a Gschäft drmit vobunda isch. Wenn's ebbes eibringt, isch dr Rescht egal. Dia abgschlagendschte Gschäft sind salonfähich, wenn drbei nur guat vodient wird. So ebbes wia Moral oder Ethik braucht mr glei gar net obringa wella, des intressiert koin.

Uff dr Welt dreht sich scho immer alles um's Geld und dr Pulver regiert, wo mr noguggt. Dia Währunga sind's Aushängeschild von de Nationa und gleichzeitich dia erschte Fahnaflüchtiche, wenn's irgendwo schpannt. Uff Treu und Redlichkeit isch koin Verlass, des volangt mr von de Leit. Dia Doofe sollet sich ruhich dr Kopf eischlaga, aber's Bare, s'richtich große Geld hält sich do raus. Do drmit wird heit hintarum, hälinga, gschmiert, dass dia Sauerei so bleibt wia se isch.

Als klois Rädle im Syschtem hent mr au gar koin Eifluss. Mir sind dia Pinats, also s'Fuadr für dia Große. Mr weiß als Kloischparer sowieso net, was mit seim Geld passiert. Mol isch's do, mol isch's do und uff oimol isch's weg. „Pech ghett", heißt's dann (doch dei Geld isch überhaupt net weg, des hat jetz eba bloß an onderer).

So isch halt dr Lauf dr Welt. Do war's im alta Rom doch no besser. Do sind dia Geschäfte öffentlich gwä, jeder hat gwisst, wia's läuft und wo's nogeht und dr Gschtank war au glei vofloga...

* * * * *

„Wenn mr nix z'lacha hat und oim's Heula vogeht, ko mr gar nix mehr do."

Bis z'letschta

Wachstum braucha mr,
Wachstum isch Fortschritt,
immer mehr.
Schteigerungsrata müasset sei,
sonscht geht's hintanum.
Schtillschtand isch Rückschtand,
hat koin Wert,
wella mr net,
wachsa,
immer weiter wachsa,
immer größer,
immer weiter,
immer mehr -

bis's dr Blanet voreißt!

Schneller geht's...

S'geht net schnell gnuag,
dass mr naus kommt
aus dr Schtadt -
naus, nix wia naus
über'd Ausfallschtroßa,
Schnellschtroßa,
Umgehungsschtroßa,
Unter- und Überführunga,
Autobahna.

Für's Nauskomma
wird alles ebagschoba,
d'Wiesa, d'Äcker,
ganze Wälder
massakriert,
planiert,
asphaltiert,
bedoniert -
für dr Vokehr,
dass d'Leit
schneller naus kommet -

in'd Natur...

Relative Sicherheit

S'neue Auto
isch's sicherschte gwä -
in sein'ra Klass.
Dr Teschtsieger,
mit Gurtschtraffer,
sechs Ärbäggs,
ABS und Bremsassischtent,
Seitauffprallschutz,
Sicherheitsfahrgaschtzella.

S'neue Auto
hat's heit um dr Bohm rumgwickelt.

Dr Moschtbirabohm
isch no schtabiler gwä.

Garantiert

2 Johr Garantie
3 Johr Garantie
5 Johr Garantie

Ja heidanei, hab i letscht beim Eikaufa denkt, jetz wellet se sich voll übertrumpfa, dia Gschäftsleit und Firme. Vielleicht, weil's mit dr Rabbatschlacht net so funkzioniert hat.

S'will immer oiner besser sei wia dr onder: „Fünf Johr Garantie uff alle Elektrogeräte." A Riesaschild hent se uffghenkt ghett.

Eigentlich guat, hab i denkt. Doch no sind mr glei Bedenka komma. Fünf Johr sind a lange Zeit. Was hebt heit scho fünf lange Johr? I hab mr dia Müh gmacht und mol nachguggt: Unser Mikrowelle war nach zwei Johr hi, mei Schtichsäga noch in dr Garantie, beim Fernseher hat's nach vier Johr d'Sicherung rausghaua, dr Nosahoorrasierer hat scho nach ma Johr alles rausgropft und nimme abgschnitta. I könnt die Lischde grad so weiterschreiba. S'hat kaum ebbes länger g'hoba wia fünf Johr. Und jetz hasch Garantie sozusaga lebenslang? Neue Geräte für oimol zahlt und dann uff Garantie immer wieder umsonscht?

Jetz hat mr's koi Ruah mehr glassa, i hab weiterdenka müassa. Heit kriagsch du doch nach ma Johr no net mol Ersatzteil, weil des Gerät, wo du kauft ghett hasch, scho längscht voaltet isch und nimme hergschtellt wird. Muass mr dann druffzahla für ebbes Besser's oder zahlet se dr's raus?

Wahrscheinlich saget se oim, dass des jetz höhere Gewalt sei und mr do leider nix macha könnt, wega dr Gschäftsbedingunga und am Kloidruckta und so.

Ois isch uff jeden Fall sicher: Umsonscht isch so a Garantie net - unter Garantie!

* * * * *

„Kurz und dick gibt au a Schtück."

❊

„Gelegaheit macht Schulda."

Bleiba lassa

Mr sott net so viel denka,
vom viela Denka
geh'n oim Hoor aus
oder s'fallet oim Sacha ei,
wo oim gar net gfalla
und über so Sacha
sott mr erscht gar net nochdenka.

* * * * *

„Wegam Denka derf mr koin henka,
doch wegam Saga d'Gosch voschlaga."

*

„Mit ma hohla Kopf ko oim nix eifalla, aber mr ko Rieglwänd mit neischlaga, des boggelt au."

Mike '04

Vollkasko

Uns kann koiner ebbes, mir sind vosichert. Dr Hund braucht koi Leine, zu was au. S'Trottwar fega, gega's Glatteis schtreua - ko'sch vogessa! Mir sind vosichert, rundrum. Mir könnet noschteh, wia dr Fels in dr Brandung, dr Weg isch freigmacht! Mir hent guat lacha, s'ko komma, was will!
Alles wird zahlt: S'zammadrückte Auto, d'abdeckte Ziegel, voschprungene Brillagläser. S'Hochwasser kann komma und dr Nachbr au, wega mir sogar bled. No wird g'richtelt, mir sind vosichert!

Alle Risika des Lebens sind vosichert, sogar s'Leba. Wennd's net volebsch, wird vor dr Zeit s'Geld auszahlt.

Guat, schterba muass mr selber, aber des isch halt dr Selbschtbehalt...

* * * * *

„Luschtich glebt und selich schterba,
heißt am Deifel s'Schpiel voderba."

Hefezopf-Mobbing

Oimol in dr Woch
geht's ohne Milch und ohne Zucker,
aber nia ohne Läschterei.

Oimol in dr Woch
wird über die herzoga,
wo net drbei isch.

Oimol in dr Woch
wird oine durchghechelt,
des isch Tradizio,
mit und ohne Koffein.

* * * * *

„Wenn'd Weiber um a Feuer rumschtehet,
moint jede, sie müasst no a Scheitle ufflega."

Dienschtleischtungswüschte?

Dr Bankschalter isch abbaut,
s'Personal au
wega de Koschta,
dr Automat hat's Saga.
Selber eigeba,
selber rauslassa,
alles selber do,
wenn mr weiß, wia's geht
mit de Knöpf.
Wenn net,
muass mr froga
und isch bei de Doofe
oder muass sich helfa lassa.
Natürlich extra zahla drfür.

Dienschtleischtung koscht Geld.

Technik hat Eizug ghalta,
Sörwis isch gwä,
basst nimme in'd Zeit,
vorbei.
Zwischa de Törmináls
hat's Menschliche koin Platz gfunda.

Aber seit neueschtem
hent se an Kaffeeautomat

für'd Kunda,
mr will sich jo abheba
von dr Konkurrenz
und ebbes bieta.

Do hocket se
scho morgens
in dr Kaffee-Ecke,
weil'r so guat isch
und so frisch
und für umsonscht -

Klasse Kaffee,
erschtklassicher Sörwis...

* * * * *

„Gschpart wird, egal was koscht."

*

„Dr Deifel scheißt bloß dort no,
wo scho düngt isch."

0 - 1 - 0

D'Würm sind im Komma,
d'Vira au,
weltweit - überall,
schlupfet durch's Käbele
in'd Rechner nei -
innanei,

*

bläckaut

*

Data sind gwä,
dr Tschipp isch leergfressa
von de Würm
und de Vira.

*

S'Netz
beschteht bloß aus Ziffern
und jetz au no
aus Uziffer.

Uschuldich

0190 - geh voreck!
Hasch gar net gmerkt -
hintarum eigwählt.
Dein PeZe, der Saudinger,
was der duat, wenn mr'n lässt,
merksch erscht,
wenn se dr's abbuacha vom Konto.

Hasch de arg uffgregt, gell.
Hasch proteschtiert
und dei Frau erscht - 0190 und so -
mr weiß scho - Sauerei, elende!
Wo du nia ogugga dädsch,
wo du höchschtens an kloina
Blick riskiera dädsch,
wenn sich dein PeZe wieder mol
hintarum eiwählt...

* * * * *

„In'd Menscha ko mr net neigugga,
bloß dra no."

Ordnung

I ko's net vobutza,
wenn mr oine oder oiner mei Sacha
uffrohmt, wegrohmt, fortrohmt,
dass i's nimme find,
weil i weiß,
wo i's noglegt hab,
weil bei mir Ordnung herrscht,
weil i nix rumfahra lass,
weil i mei Sacha wo no leg,
dort no,
wo i hinterher au weiß,
wo i suacha muass.

* * * * *

„S'erschte Mol baua und heiern
sott net gelta dürfa."

Hausfrauabeichte

Wenn i net wüsst, dass des, was i jetz saga will, unter „Beichtgeheimnis“ falla duad, däd i net wissa, ob i's saga däd, weil, mir isch geschtern ebbes bassiert, so schlimm, so arg, i ko's schier net saga und i weiß au net, was mit mir los gwä isch, wo i doch eigentlich koi so oine bin.

Wenn's au ganz gwiss net rauskommt und i au voschprech, dass's nia wieder vorkommt und i drmit mei Gwissa erleichtern ko, no sag i's jetz:

„I - i hab geschtern wirklich s'allererschte Mol s'Butza vogessa...“

* * * * *

„A guater Noma langt weit,
a schlechter no viel weiter.“

Au wieder wohr...

Mir Schwäbinna sind emanzipiert -
scho lang!
Und wia!
Guat, mir wäschet gern
und butzet gern,
kocha au und bigla,
sauga und bürschta
und dr Schtaub und dr Dreck
ko sich bei uns net halta.
Mir haltet dr Haushalt hoch,
des isch uns wichtich,
aber deshalb sind mir onnaweg emanzipiert
und nirgends schteht,
dass Emanza
koi hausiche Weiber sei dürfet!

EMMA ♀
SPEZIAL
EMANZIPIERT
PUTZEN !
TEIL 1: DAS KLO

Des glaubsch!

Bei uns herrscht Zucht.
Mir wisset, was sich ghört,
bei uns herrscht Oschtand.
Mir sind oschtändiche Leit
und wenn oiner net schpurt,
kriagt'r uff'd Gosch -
oschtändich,
so wia sich's ghört.

* * * * *

„Jedem das Seine, hat seller gsa
und Mausgift glegt."

*

„Wer net will hat ghett und
wer scho ghett hat, braucht nix meh."

Beliebt?

➜ des hemmer gern

➜ du bisch mr a sauber‘s Früchtle

➜ ha dir helf i glei

➜ mach no so weiter

➜ du kommsch mr grad recht

➜ uff so oin hab i grad g‘wart

➜ dir schenk i oine ei, dass dr’s langt

➜ so, jetz kriagsch dei Fett

Weisch jetz, wia’d dro bisch?

* * * * *

„Z’viel isch bitter und
wenn’s Honich wär.“

Traum-Breggela

Eigentlich sott i ja no wissa,
was grad no gwä isch -
im Traum.
So intensiv bin i drbei gwä,
mittadrin, mitta im Schlof.
So schö hab i träumt
und jetz, wo i wach bin
und den Traum gern mitnehma däd
in dr Dag,
isch mr's net meglich.
I kann's net fassa,
alles schlupft mr durch'd Finger,
stiehlt sich drvo,
macht sich dünn und löst sich auf.

Kloine Lichtblitze
durchzucket noch mein Geischt.
Oh ja, wie herrlich
isch der Traum gwä,
wie herrlich isch'r gwä,
wie herrlich...
der Traum...
wie...
Welcher Traum?

Sekundenliebe

Die zwei Kirscha
sind immer scho beinonder gwä,
von dr Blüate o
und doch hent se sich nia seha könna.
Zwischadrin isch a Blatt gwachsa,
wo ihne d'Sicht voschtellt hat.

Jetz, wo se am schönschta waret,
dunkelrot, prall, saftich und voller Süße,
wär's an der Zeit gwä,
dass se sich ihre Liebe geschtehet.

Aber scho hab i se gnomma, voller Freid,
hab's net vowarta könna,
hab des Pärle glei in Mund gschoba
und gessa - genossa.

Die zwei Kirscha hent koi Zeit mehr ghett,
dass se sich ebbes saget.
Se hent sich bloß no oguggt
und in oinra Sekund
war alles gschwätzt...

Liebe isch...

Liebe isch ebbes,
wo mr gar net recht begreifa ko,
wo oim beim Schreiba s'Papier ausgeht
und d'Gedanka mit oim durchgehet.
Liebe isch meh, wia „i mog di" saga,
isch meh, wia sich votraut ogugga,
meh, wia ananonder no schneggla.

Liebe isch ebbes,
wo mr jedes kloine Breggele
probiera muass und hergeba muass,
wo mr schöpfa muass und austeila muass
und wo oin dabei nia ganz satt macht,
weil in jedem kloina Bissle
dr Glischda nach'm nägschta drin schteckt.

Liebe, des isch ebbes,
wo sich im Maga abschpielt
und im Kopf und im siebta Himmel,
unter dr Decke, im Herza und in dr Seel.

Liebe, des isch
Schüttelfroscht und ubändiche Hitz in oim,
des isch durmelich sei und
fliaga könna z'bonder.

Liebe, des isch ebbes,
wo mr, je mehr mr drüber nochdenkt,
des, was oim bisher drüber eigfalla isch,
viel z'schwach vorkommt.
Wo mr am liabschta no schönere,
no treffendere,
no gefühlvollere Worte
drfür finda wöllt.

Liebe isch ebbes,
wo oim koi Ruah lässt,
wo oin umtreibt,
wo oin voletzlich macht
und ubesiegbar z'gleich.

Liebe isch ebbes,
wo oim oifach immer und überall
bloß guat do ko,
des -
des isch Liebe
und no viel meh...

* * * * *

„Alte Liebe roschtet nicht,
voschimmelt isch scho manche."

Jo nix vokomma lassa

Sie Freilein, des isch mir jetz ganz uognehm, i hoff au, s'macht Ihne koine Umschtänd - gell - aber dädet Se mir net a Schtückle Folie bringa? Wisset Se, i hab halt mei Schnitzel net ganz zwunga, wisset Se, i hab immer alles dabei, damit mr koi Umschtänd macht. Do gugged Se, für'd Pommfritz hab i a Güggle ghett, au für'd Soß a Tubberbixle, aber wisset Se, grad vorhin, ausgrechelt, hat unser Hundle sei Heifle neba Ihr Eckbank nogmacht und do hab i halt, do gugged Se in mei Handtasch nei, mei Blaschdichfolie scho vrdo...

* * * * *

*„S'wird nirgends meh gschpart
wia am Häs und am Gfräs."*

Schlussfolgerung

Hasch du ebbes gsa?

Noi!

Ha du hasch doch ebbes gsa!

Wieso?

Weil i's ghört hab!

Was?

Ha des, was du gsa hasch!

I?

Ja du!

Warum?

Des weiß doch i net!

Was weisch du net?

Dass du net weisch, was du gsa hasch.

I hab doch aber gar nix gsa.

Du willsch's bloß nimme wissa!

I weiß gar nix!

Des weiß i guat.

Was weisch du guat?

Dass du nimme wissa willsch, dass'd weisch, was'd gsa hasch.

Hä?

Siehsch, i hab recht!

Mit was?

Du - du bisch a Seggel!!

* * * * *

„Mr lobt koin, außer er braucht's."

Begehrtes Amt

Der rotzfreche Saudinger, der grobe,
der wiaschte Rammbass, der ughobelte,
der Saufbruadr, der schtinkete,
der Dagdiab, der liadriche,
der Lumpaseckel, der abgschlagene,
der Lahmarsch, der deigete,
der Saukerle, der dreckete,
der Bockschpitz, der voreckte,

der? Der!

Der isch scho recht,
wenn'r ebbes duat -
s'will jo sonscht koiner mehr ebbes do

im Voroi...

Freudenquelle

S'gibt Dinge im Ländle, ohne dia gäb's überhaupt koi Ländle. Dinge, die zur Exischtenzberechtigung von ra Volksgemeinschaft überhaupt ghöret. Kaum ebbes könnt sich uffbaua, entwickla, vorwärts geha - gäb's net immer und überall oin zu alle Lebenssituationa passenda Voroi drzua.

Und genau an der Schtell hör i scho die erschte Zweifler: „Zu was brauch i an Voroi, i ko doch au so guat leba?!" Doch so oiner irrt und zwar gewaltich, denn dr Voroi isch überall, ohne dass mr's merkt. Merka däd mr's bloß, wenn's koin gäb.

Mr könnt nimme ubeschwert im Griana schpazieralaufa, wenn net dr Gsangvoroi jedes Johr sei Wald-, Feld- und Bachputzete vooschtalta däd. Im Altpapier däd mr voschticka, wenn's dr Musikvoroi mit sein'ra Sammlung net gäb. Dia Junge dädet oim dahoim s'Häusle abbrecha, wenn se ihr überschüssiche Kraft net beim Fußball, beim Judo, beim Schwimma oder sonscht bei ma Voroi austoba könntet. Uff de Schtroßafeschtla müasst mr vohungra und vodurschta.

Ja, s'gäb überhaupt gar koine Feschtla mehr, weil dia eba alle mitnonder uff de Vorois-buckel austraga werdet. Mit dr Kultur über-haupt gings hintahott. Was übrigbleiba däd, wär a troschtlose Wüschte, wo mr alles, was mr do wöllt, teuer kaufa müasst. Dia Voroi sind zeitgleich net nur Garant für da kulturelle Fortbeschtand der ländlicha und somit au schwäbischa Kultur, sondern zudem Bollwerk gega neumodische Machaschafta.

Im Voroi herrscht nämlich Tradizio! Und die wird mindeschtens so hoch ghoba wia'd Fahna. Do geht alles sein gregelta Gang, zuverlässich, werterhaltend und altbacket. Aber wichtich und uvozichtbar in ra Welt, wo mr heit no net recht weiß, wia's Morga weiter geht. Unsere Voroi sind die Rettungsanker im tosenda Meer der moderna Gezeita.

Dia Voroi sind die Schtütze der Demokratie. Nach außa upolitisch, nach inna diskussions-freudich und ganz inna drin mit ma kloina Hang zur Monarchie. Aber dia Voroiskönich heißet heit Vorsitzende und dr Hofschtaat beschteht aus Untervorsitzende, Beisitzer, Nebasitzer, Kassier, Schriftführer, Proto-kollischt und Aktivischt. Alle ondere, wo nix machet und nur dr Beitrag zahlet, heißt mr

Pazifischta. Dr Voroi braucht se alle, damit dia Uffgaba erfüllt werda könnet und hinterher au d'Kass voll isch und schtimmt.

So - also - jetz denket euch mol d'Voroi weg und alles, was so um dia Voroi drumrum isch. No isch's aus. Koi Freizeitvognügunga meh, außer de kommerziell-saudeira. Koi Schport-vooschtaltunga meh, koi Lebensfreude durch Gsang und Musik, es sei denn, aus kaufte Konserva oder von überteuerte, hochgjubelta Schpezialischta.

S'normale Leba wär ernschthaft gschtört, s'normale Leba wär koi normales Leba mehr, weil unsere Voroi s'normale Leba sind!!

Deshalb! Haltet se hoch, unsere Voroi, damit se net ausschterbet. S'kommt, wenn über-haupt, selta nia nix besser's noch!

Wer no nirgends wo drbei war und sich uff oimol von dr warma, schtarka und allum-sorgenda Hand eines Vorois umschlunga fühlt, sich au glei no als Neueinschteiger a Ämtle uffbobbla lässt, der ko zwar leicht gebeigt, doch voller Schtolz noschteha und saga: I g'hör drzua!

Opfer

Du Frau, heit brauchsch nix kocha, heit isch s'Dritte Welt-Feschtle in dr Gmeindehalla, do kriagsch alles, was dei Herz begehrt. Lauter Delikatessa aus Afrika, aus Asia, von überall her, wo se nix zum Essa hent. Zum Drinka gibt's au: Mangoschnäpsla, Banonabier und Reiswei.

*

Komm, lass dr's schmecka! I hol mr noch von dem Fischpfännle aus Haiti. Gugg, des isch billicher wia dr Wurschtsalat im goldena Ochsa.

*

I ko nimme, mi voreißt's schier.

Ja, mir schpannt au dr Ranza.

*

Ja, was duat mr net alles für die Dritt' Welt!

* * * * *

„Dummheit frisst – Voschtand säuft."

Heimliche Beilage...

- ➜ Lass dr's schmecka!
- ➜ Kerle ess ebbes, damit ebbes wirsch!
- ➜ Lang zua, solang's hat!
- ➜ An Glotzer und an Drücker und drunta isch's.
- ➜ Als nei damit!
- ➜ S'braucht koiner hungrich vom Tisch geha.
- ➜ Heit sott Buggel Bauch sei.
- ➜ Dr Glischda kommt beim Essa.
- ➜ S'hat no, no net scheniert!
- ➜ Noch an Schöpfer?
- ➜ Des basst in an hohla Zoh.

*

- ➜ Hasch du gseh, was der fressa ko?
- ➜ Wenn'd so oin vohalta müascht, wär'sch bös gschtroft!
- ➜ So oiner frisst dr d'Hoor vom Kopf.
- ➜ Der weiß au net, wann'r gnuag hat.

Jahrhundertsommer?

Wetter wia in dr Toscana -
des schlaucht oin.

Au ohne Urlaubsreis,
wochalang 30 Grad, furztrocka,
dr saure Schprudel isch nundergloffa
wia's Wasser,
s'Welschkorn votrocknet,
d'Riaba voreckt,
dr Salat isch teuer worda
und onders Zeig au -
des schlaucht.

Schläuch hent se zoga in de Wengert,
damit ebbes nowächst
und d'Schtöck net so gschlaucht sind.
An Jahrhundertjohrgang sei's worda,
saget se, dabei fangt's Jahrhundert
grad erscht o und d'Toscana rückt näher -
und schlaucht oin.

Wann? Irgendwann isch
alles trocka,
alles volummelt,
alles vobrennt,
alles z'teuer,
no hat sich's ausgschläuchelt!

Grund genug!

Herrlicher Sonnenschein, hebet die Gläser,
führt sie zum Munde, genießet den Wein.
Im Strahlen der Sonne
ergießt sich ein Funkeln,
im Sonnenlicht, da will getrunken sein.

Freut euch, es regnet, hebet die Gläser,
der Segen fällt heute vom Himmel herab.
Tröpfchen für Tröpfchen füllt sich die Erde
und samten läuft es die Kehle hinab.

Wehende Flocken, hebet die Gläser,
kalt ist es draußen und drinnen ganz heiß.
Frostige Zeiten und feurige Reben,
wärmende Weine bei Schnee und bei Eis.

Das Leben ist herrlich bei Hitze und Regen,
bei Nebel und Kälte, zu jeglicher Stund.
Hebet die Gläser und danket den Reben,
wie herrlich - zu trinken - ist immer ein Grund!

* * * * *

„Ohne Saus kein Braus."

Schtammlokal

Isch dei Supp au so vosalza?

Und wia! Und heiß isch se au net!

Dahoim däd i's grad schtehalassa!

So ebbes däd i gar net uff dr Tisch schtella!

*

Gugg mol mein Sauerbrota o, des isch doch koi recht's Fleisch?

Des wird halt a alte Kuah gwä sei, so durchwachsa wia des isch.

Dein Roschtbrota sieht au net besser aus.

Den ko i bloß mit Gwalt vozwinga.

*

Salatsoß macha könna se net, des ziagt oim jo d'Gosch zamma.

Bei dene fünf Blättla muass des so sei, sonscht dädsch's uff oimol neischiaba.

*

Magsch noch'n Nochtisch?

Noi. Hasch du uff d'Karta guggt, dia hent scho wieder uffgschlaga!

I mach uns dohoim ebbes. No weiß mr, was mr hat.

*

Zahla bitte!

Wirt: Isch alles recht gwä?

Wia immer!

Schtimmt so, bis nägschd Woch...

S'tägliche Brot und weitere Sorga

Du ko'sch alles essa,
ha freile,
ubedenklich,
brauch'sch dr koi Sorga macha.

Bei uns wird alles überwacht,
geteschtet,
gschtembelt.
Alles isch gsund
und dr Rescht wird entsorgt.

Du derfsch au drinka was'd willsch,
ohne weiteres,
weil's analysiert isch
und überwacht und überhaupt,
und dr Rescht wird entsorgt.

Damit's besser schmeckt braucht mr halt
Zusatzschtöffla, Pülverla, Farbschtöffla,
ebbes gega's Voschimmla
oder für's Schmecka.
Aber nur zuaglassenes Zeigs
und fei dosiert
und fei kontrolliert,

damit mr net merkt,
was oin vogiftet und himacht.

Nebabei weisch du scho gar nimme,
wia ebbes ‚ohne' schmeckt
und wenn'd ebbes ‚ohne' kriagsch,
no schmeckt dr's scho nimme,
weil'd scho abhängich bisch,
süchtich und blöd im Kopf.

Am End, irgendwann oder
au a bissle bälder
kommsch no au du uff dr Sondermüll -
zum Entsorga...

* * * * *

„Bevor net weisch, wo'd bisch,
schneid net z'viel vom Laib."

*

„D'Menschheit hebt sich an dr Flasch
und die hat koin Griff."

Alternative Koscht

Dr Bücherwurm hockt im Regal
und veschpert bloß Papier.
Dem Kerle isch des scheißegal,
des isch sei Elexier.

Die schwerschten Werke frisst des Viech
grad hirnlos in sich nei,
egal ob Goethe oder Kant,
des isch dem einerlei.

Dr Bücherwurm kriagt nia genug
und wird erscht recht net schlau.
Mein Schiller, der isch grad für'd Katz,
denn Klopapier dääd's au!

Speiseplan:
Schiller
Goethe
Albeck
Loriot
Simmel

Gaschtfreindschaft

(isch aber in echt net so...)

Im Unterleible sott mr d'Leit net grad reilassa, aber vor dr Tür abferticha, noi, des isch uhöflich. Guat, mr ko au im Hausgang gschwind sei Sach schwätza und wenn's sei muass, au im Schteh a Gläsle drinka. Extra oin uffmacha, muass net sei, so gschwolla braucht mr's net treiba. Hungrich sind d'Leit heit sowieso nimme, die meischte sind sowieso z'guat beianonder. Zwischanei gugg i als uff mei Uhr, so beiläufich halt, dass se's fascht net merka...

Solang se d'Kittel net rausdehnt wird bei mir d'Gaschtfreindschaft groß gschrieba...

Bei uns ko mr fei vom Boda essa!

Viertels isch grob nauskehrt,
halber isch fei hintadrei gfegt,
dreiviertels isch butzt,
oifach isch nass gwischt,
doppelt isch gmobbelt,
weil,
sauber muass sei!

* * * * *

„An de Neschter sieht mr,
was für Vögel hausa."

*

„Isch's Weib voloffa, wird's Geld vosoffa."

dr Pfupferer

Koi Ruah im Leib, koi Viertelschtund,
er saut im Viereck rum.
Koi bissle Muse, koine Rascht,
dr Pfupferer geht um.

Uff beide Backa hocka bleiba
kommt dem nia in dr Sinn,
mol nix do ko der net voheba,
so pfupfert's in em drin.

Er koscht oin Nerva, haufa gnuag
und lässt oim d'Odern schwella.
Dr Pfupferer, der pfupfert rum,
bringt oim sei Bluat zum Wella.

Wenn'd moinsch, du hättsch
dei Dagwerk gschafft,
no fällt dem glei was ei,
ganz wichtich, ubedingt sofort
und möglichscht au no glei.

So ganz genau lässt er's nia raus,
er druggst und pfupfert um dr Brei
und legt sich scho mol gar net fescht
mit sein'ra Pfupferei.

So pfupfert er sei Leba lang
und findet nia koi Ruah.
Oh Herrgott, mir isch heit scho bang
macht der sei Äugla zua.

Der pfupfert vor am Himmelstor
und weiß net, was'r will.
Dr Petrus, der vopfupfert schier,
weil's aus isch mit dr Schtill.

Als Wetterengele sodann
hat'r sei Uffgab kriagt,
do kann'r pfupfern wia'r will,
wenn'r sei Wölkla schiabt.

Mol schlecht, mol schö,
no wieder net,
mol hitzich und mol kalt.
Dr Pfupferer find keine Ruah,
grad so wia's Wetter halt.

* * * * *

„Mir Schwoba sind oiga, mir lasset uns net uff dr Kopf scheißa, mir machet s'Maul auf!"

Gedanka-Breggela
(Entstehungsgeschichte)

ebbes uffgschnappt
nebaher mitkriagt
oifach eigfalla
uff Zettela gschrieba
merka könna
gsammelt
drüber nochdenkt, drzuadenkt, ausdenkt
weggschmissa
in's Reine gschrieba
nebano glegt
nochmol glesa
zfrieda gwä
oder weggschmissa
zwischanei
wieder ebbes uffgschnappt
ebbes eigfalla

ebbes mitkriagt
nebaher
kritisiert worda
drunternei
eigschnappt gwä
nochmol in's Reine gschrieba
und nochmol
endlich zfrieda gwä
und Frau au
endlich ... ...
wieder gschafft ... ...
und i au ... ...

* * * * *

„Solang no g'orgelt wird, isch d'Kirch net aus."

Guter Rat

Mädle, wenn i dir an guata Rat geba derf,
no suach'sch dr oin,
wo ebbes hat,
wo ebbes do isch,
wo's koi Not net hat,
wo'd dr Pfennich net rumdreha muasch,
wo ebber isch.
So oin suach'sch dr,
no bisch gschtellt,
mit so oim,
wenn'em sonscht nix fehlt!

* * * * *

„Wenn'd Supp so warm gwä wär wia dr Wei, dr Wei so alt wia'd Gans, d'Gans so fett wia'd Braut, d'Braut so gschtriegelt wia d'Kutschgäul – no wär's a rechte Hochzich gwä."

Pädagogisch

Eigentlich wisset se alles,
dia Junge,
weil mr se uffklärt hat,
weil se uffklärt sind
über'd Gefahra
im Leba,
über's Raucha,
über's Drinka
und die ondere Sacha.

Se wisset,
wia schädlich älles isch
für dr Körper
und so,

wega dr Lebenserwartung,
wegam Schlagofall,
wegam Herzinfarkt,
wegam Krebs
und so

und onnaweg
machet se's so
wia die Alte.

Wertewandel?

Hasch du an Wunsch zum Geburtsdag, Bua?

Noi, du kannsch mr's Geld so geba.

Ha, Geld isch doch koi Gschenk!

Für mi scho.

I weiß gar net, dass du so uff's Geld aus bisch.

Des isch heit normal.

Aber des isch doch nix Persönlich's, oifach bloß Geld!

Für mi langt's.

Also Bua, wo i so alt war wia du, do hat mr sich noch echte Sacha gwünscht: Fahrtamesser, Lexiko, Unterleibla, gschtrickte Socka, Waxmolschtift...

Dia Zeita sind vorbei!

Oh Kerle, du voschtehsch gar net, was i dir saga will!

I bin halt net so wia du!

Moinsch?

Logisch!

Des glaub i net!

Wieso net?

I hätt früher au liaber s'Geld ghett...

* * * * *

„Mit volle Hosa isch guat schtinka."

*

„Wo Geld isch, hockt dr Deifel,
wo koi's isch, hockt'r zweimol."

Die Evolution des Pazifismus

➜ in dr Wiega mit Gwalt dr Schnulle vonaga

➜ im Sandkaschta mit am Scheifele schlaga

➜ Schneeballa schmeißa

➜ mit'm Schpatzagwehr d'Vögel rahola

➜ Schwächere in Schwitzkaschda nehma und vodöffla

➜ nix wia Bosheit im Hirn

aber dr Wehrdienscht voweigern!

* * * * *

„Dia kloine Lumpa kommet in's Gfängnis,
vor de große ziagt mr dr Huat."

Mittadrin und außa vor

Wo sich früher d'Jonge troffa hent, des ko mr au oft heit no seha. Do isch in so manchen Bohm mit de Taschamesser dr Noma neigritzt worda oder au in's Holzbänkle. Wer mit wem hat geha wella, hat mr an de Herzla seha kenna. Dia Alte hent immer a Aug druff ghett, was passiert, doch dr Treff isch gern ognomma worda - mittadrin.

Wo sich heit dia Jonge treffet, ko mr au schpäter no seh. Mit Schpraibüchsa sind d'Wänd vosaut, d'Holzbänk sind ozunda worda und ohne a recht's Gschrei geht gar nix meh. Dia Alte hent koi Aug mehr druff, was passiert und dass sich dia Jonge nimme wohlfühla - mittadrin.

*

Dia Jonge sind dia gleiche, bloß d'Zeita net.

* * * * *

„Aus ma uguata Hintra ko koin fröhlicher Furz komma."

Gell?

Dahoim isch's am Schönschta,
do lässt sich's leba -
dahoim.

Woanderscht gibt's au schöne Flecka,
arg schöne - saget se,
aber so wia dahoim
isch's nirgends.

Dahoim lässt sich's leba -
dahoim.

Se saget, i däd net über dr Kirchturm
nausgugga,
weil i immer bloß
dahoim hocka däd,

aber dahoim
isch's doch am Schönschta -

gell?

Widerschtände

S'könnt alles so schö sei,
s'Leba könnt mr auskoschta
bis uff's Letschte,
grad laufa lassa
wia's wöllt,
gradaus oder seichkrumm,
wär egal,
oifach saua lassa,
wia's komma däd, däd's komma,
ohne Rumgemache,
ohne Gschrei,
oifach so
däd's geh,
wenn mr sich net selber immer
im Weg schteha däd...

Ohne Zweifel!

... a Fässle voll Regawürm

... a Kutteroimer voll Rotzböbbela

... a Blaschtichgugg voll Äpfelbutza

... a Kuachablech voll Dreckbolla

... a Prisbixle voll Mausdreck

... a Gsälzglas voll Schneckaschlunz

... hat alles koin Wert!

* * * * *

„Wenn'd Katza Gäul wäret,
könnt mr d'Behm naufreita."

Einseitige Bildung

D'Zeitung hat'r abonniert ghett,
s'ganz Johr.
Glesa hat'r grad dr Schportteil
und Dodesozeiga.

Politik hat'n net intressiert,
Gsellschaftlich's au net,
dr Wirtschaftsteil erscht recht net,
au sonscht nix.

Oimol im Monat hat'r sei Schächtele
uff'm Scheißhaus uffgfüllt
mit zuagschnittene Zeitungsblättla,
damit se no an guata Zweck erfüllet
und er a bissle schpara ko.

Irgendwann isch no sei Arschlöchle
gscheiter gwä wia sein Kopf...

* * * * *

„Du ko'sch alles hola, was d'Henna leget,
bloß d'Eier net."

FUSSBALL
SPORT
FORMEL 1

Nachtrag zum Vortrag

(diskrete Beobachtungen in einem Landfrauenverein...)

Uff achte isch an Vortrag ogsa, mitta in dr Woch. Alle sind se pünktlich do, hocket glei an's ogschtammte Plätzle und schwätzed no a bissle nach links und nach rechts, immer im gwohnta Kreis. Aber jo net z'laut, zu de Baatschweiber will koine ghöra.
Beim Trinka-Bschtella zeiget se sich emanzipiert. Sie trauet sich oi Viertele, aber jo koi zweit's, sonscht wird guggt. Liaber no an Schprudel, net dass mr sich hinterher ebbes nochsaga lassa muass.

Ganz schtill sind se jetz während em Vortrag. Ab neune gugged se als amol uff'd Uhr, trinked vorsichtshalber scho mol s'Gläsle aus und leget sich s'Handtäschle uff dr Schoß - griffbereit!
Aber ab halber zehne werdet se lebendich. D'Uruhe wird von oim Arschbäckle uff's ondere volagert, der Referent find koi End und morga Früah isch d'Nacht rum!

Schpäteschtens um dreiviertel wird's Geld rauszählt, natürlich passend, damit mr beim Trinka-Zahla koine Umschtänd macht. Jetz hocket se uff'm Schprung. D'Fiaß ozoga, s'Gwicht scho vorne uff de Balla, voller Oschpannung, grad wia bei de Gazella vor'em groBa Hopfer - und s'Handtäschle mit beide Händ fescht im Griff.
Dr Referent hätt vielleicht no ebbes saga wella oder gar zu'ra Diskussion orega mega, doch do kennt er se schlecht. Wenn's scho uff zehne zuageht, also schpät in dr Nacht, no guggt a jede, dass se schnell hoim kommt. Verabschiedung hin, Dankesworte her und a Zusammafassung von allem Wichticha, was mr im Vortrag ghört hat, muass net sei. Net um dia Zeit! - - - Se wellet hoim, nix wia hoim.

So an Vortrag im Landfrauavoroi isch a ernschte Sach. Unter dr Woch über'd Schträng schlaga gibt's fei net. Schließlich isch so ebbes a Bildungvooschtaltung und koi Hochzich!

So, wieder ebbes glernt!

Depressiver Singl-Sonndich

Liega bleiba,
solang de willsch,
bis dr's Kreiz weh duat
oder dr Hunger kommt.
Gega zwölfe
schlupfsch in Tschogging nei
und schiabsch a Schächtele in Mikro.
Vorher
schaltsch dr Kaschta ei
und glotzsch dr ganz Dag
zwischa Tschipps und Bierflascha durch
in Kaschta nei
und zwischanei
uff's Klo,
an dr Kühlschrank,
in Keller,
aber glei
wieder vor dr Kaschta
bis obends,
bis in'd Nacht nei,
bis dusala,
bis dr Sonndich rum isch - endlich,
Gott sei Dank.

Wen intressiert's?

Koi Sau frogt drnoch,
ob'd uff dr Hund komma bisch,
ob'd dohängsch wia's Kätzle am Bauch,
ob dr's Meisle neigfahra isch,
ob'd doliegsch wia a vomähte Grott,
ob'd kotzsch wia'n Reiher,
ob'd narret bisch wia'n Ochs,
ob'd Auga raushängsch wia'n klopfta Has,
ob's Krappanacht isch.

Koi Sau frogt drnoch -
koine!
Oder doch...?

* * * * *

„S'Glück isch a Rindviech und
suacht nach de Seine."

Gewisse Enge

S'wär schiergar scho vorkomma,
dass mr,
obwohl mr net gwellt hat
und oim des au saumäßich zwider gwä isch,
doch amol,
wenn's ubedingt sei hat müassa,
aber mit gröschtem Widerwilla
und gschträubte Hoor,
oim,
wo mr hätt braucha könna,
weil'r für oin wichtich gwä isch
und mr'n deswega hat hoffiera müassa,
weil mr'm sonscht net beikomma wär,
eventuell,
wenn's gar net onderscht z'macha gwä isch,
ausnahmsweis
und gega alle guate Vorsätz
und voller Ubehaga
in Hintra krocha isch.

Aber,
Gott sei Dank
isch's meischtens gar net ganga,
weil's do drin
scho vollghockt isch...

So sind mr halt

... oin ugschpitzt in Boda neischlaga
- *gelebte Herzlichkeit*

... oim ugschtreift an'd Gosch noschlaga
- *wahre Freindschaft*

... oim s'Kreiz aushenka, dass mr dr Arsch in dr Schlinga hoimtraga ko
- *uverblümte Zuneigung*

... oim dr Roscht ra do, dr Kraga rumdreha, d'Lichter ausblosa, d'Gurgel abdrücka, d'Läuf abschlaga, uff dr Schtell voropfa, himacha
- *liebe deine Nächsten wia dich selbst*

*

Ja, so sind mr halt. Vielleicht a bissle grob - aber immer von Herza!

Glück

Heit hab i träumt,
alles um mi rum wär voschwomma,
wär uwichtich.
D'Vögel hättet zwitschert
und i wär mit'n gfloga,
so leicht wär i gwä.

I hätt alles grad hinter mir lassa könna,
meine Ängschte,
meine Zweifel,
mei Gschäft,
alles wär mr egal gwä,
so frei,
ohne Voantwortung,
ohne Uffgaba,
ohne Vopflichtunga.

...

Dann bin i uffgwacht und hab gseh,
was i noch alles zum do hab -

zum Glück
isch's bloß a Traum gwä...

Leit gibt's...

S'gibt Leit,
dia mega's nagged, naggich, näggedich,
ohne ebbes.
Noi,
des wär nix für mi,
für mi net,
i
brauch zu allem
Soß...

* * * * *

„Ama hungricha Maga isch net guat predicha."

❇

„A leer's Gschwätz füllt koin Sack."

❇

„An dicker Ranza kommt net
von kloine Linsa."

HAPPY BIRTHDAY

Die Qual der Wahl

Er: Ha des isch aber klasse, dass i von dir zwei so schöne Krawatta zum Geburtsdag kriag. Do isch jo oine schöner wia die onder. Do hasch aber an guata Gschmack ghett.

Sie: Gfalla se dr au wirklich? Net, dass bloß so duasch. I kann's wega mir au umtauscha.

Er: Noi, mein Schatz, ganz ehrlich - subber.

(Am nächsten Morgen)

Er: Schpätzle, do gugg her, i hab glei oine von dene Krawatta nogmacht. Guat, gell?

Sie: (kneift ihre Augen zu Schlitzen und antwortet bissig)
Du scheiheilicher Dinger, du wüaschter! I hab doch glei gwisst, dass dr die Onder net gfällt!

Wenn scho...

Mir wäret jo nia noganga uff dia Eiladung, wenn se uns net persönlich eiglada hättet - am Telefo - weil, so a druggds Kärtle, wo au no d'Unterschrift druffkobiert isch, isch nix Persönlichs. Sonscht wäret mr net no, aber so sind mr halt ganga.

Wenn mr scho eiglada wird, no muass mr au bleiba, ko net glei wieder geha, weil se oim des beschtimmt okreida dädet. Mir waret no au bei de Letschte, wo dr Wirt zuagschlossa hat. Mir wellet jo au net so sei, als eigladene Gäscht - s'Essa war net schlecht.

* * * * *

„Wenn'd Maus voll isch, isch's Mehl bitter."

*

„An Glotzer und an Drügger und drunta isch's."

Dackelhaft!

Mit vierzich,
saget se,
däda mir Schwoba gscheit werda.

Mit vierzich!
Warum net vorher?
Wieso erscht mit vierzich?
Warum net scho mit dreißich
oder zwanzich oder...?

Wieso müassa mir
vierzich Johr lang
solche Dackel bleiba?

* * * * *

„Liaber heimlich gscheit wia uheimlich dumm."

Ausnahmefall

Scheißmelda?
Milchbüsch? -
Rausropfa!

Hahnafüaß?
Hüahnerdärm? -
Raushacka!

Schpringkraut?
Ehrapreis? -
Rausziaga!

Nix uffkomma lassa, alles raus, was net neighört, wenn's sei muass, mit Ukrautvonichter, do kenna mr nix!

Mir hent's net so mit dem, was net neighört, aber an Englischa Rasa muass sei!

* * * * *

„Wenn koi Beta hilft, no muass Mischt no."

Schlecket

Wenn du heit deine Behm net schpritzsch,
hasch du a guates Gwissa,
weil ökologisch und gesund
genießa ko'sch dr Bissa.

Genießa, des isch so a Sach,
des ko wer will und mag.
Hockt's Obscht mit Würm und Ziffer voll,
isch's scho a rechte Plag.

A jeder schtreckt dr Hals grad naus
vor Schorf und schwarze Flecka,
ugschpritzt langt koiner in dr Korb,
dei Obscht muass grad vorecka.

Wenn du dei Behm net schpritza willsch,
hasch wohl a guates Gwissa,
doch ois schteht fescht - und sell isch gwiss,
ugschpritzt hasch glei voschissa.

* * * * *

„Liaber a Laus im Kraut, wia gar koi Fleisch."

Oisa kloi

Oisa kloi sind se mr am liabschta,
do sind se no zart und glatt,
mit ma Häutle wia Samt,
do sind se am knackichschta,
aber scho ognehm scharf.
Oisa kloi lasset se sich no guat ziaga,
do kommt dr Glischda.
Oisa kloi
machet se mi o -
d'Radiesla.

* * * * *

„Aus ra schöna Birn wird au a Hutzel."

*

„An ma Scherba sieht mr,
ob's a schener Hafa war."

Getäuscht?

Des isch a Liabe -
hat dr Onkel gsa

des isch a Goldiche -
hat d'Tante gsa

des isch a ganz Brave -
hat dr Pfarrer gsa

des isch a Schaffiche -
hat d'Muadr gsa

des isch a Bodaschtändiche -
hat dr Vaddr gsa

gwisst - hent se alle nix!

* * * * *

„Au a kloine Grott hat Gift."

S'Innere zählt

Heit laufet se rum
mit knalliche Hoor in alle Farba,
mit Tatula überall, sogar do, wo mr's net sieht
und Schteckerla in dr Zung, in dr Lubbel
und sonscht wo
und in ma Uffzug, wo mr nemme weiß,
ob's Kerla oder Mädla sind.

Sie wellet ebbes onders sei, als se sind.

Sie kennet macha, was se wellet,
aber
innadrin
bleiba se Kinder.

Vitamin B

Geschtern isch dr Bua no in'd Lehr ganga
und heit hockt'r im Vorschtand.

A Saukarriere hat'r gmacht.
In jed'ra Abteilung, wo'r gwä isch,
sind se ganz arg zfrieda gwä
und scho nach a paar Wocha
isch'r hochglobt und befördert worda.

Nach zwei Johr isch'r Gschäftsführer worda
und kurz druff dr oberschte Chef.

Gleischtet hat'r net viel und könna au nia nix -
des hat mr au gar net volangt,
vom oigena Bua...

* * * * *

„Ama Reicha kalbt dr Holzscheit
uff dr Bühne."

„Jedes Ämtle bringt sei Schtümple."

...immer guat uffbassa!

Du, dia oi do, also dia do, dui, dui däd i gern...

Welle? Selle? Dia do, dui, dui dädsch du gern...?

Ja, dia oi do, dui!

Sott'sch bleiba lassa!

Wieso au?

I glaub, also dia oi do, dia - also dui, dui däd dr drfür do...

* * * * *

„'In dr Fremde gibt's Leit', hat selles Mädle gsa und isch mit ma Karra voll Kinder hoimkomma."

Wer lang frogt, geht lang fehl

Du Baba, warum isch'n des so?

Weil des halt so isch!

So? Aber wieso?

Des war scho immer so!

Ja, wia lang scho?

Ha, so lang mir's denkt.

Du Baba, kannsch du scho lang denka?

Jetz werd mr bloß net frech!

Wieso? I frog doch bloß!

Du frogsch oim a Loch in Bauch nei!

A Loch? In Bauch? Wia soll'n des geh?

Des isch halt so!

So? Aber wieso isch'n des so?

Des war scho immer so!

Ja, aber wia lang scho?

Ha, so lang mir's denkt.

...

Mensch Baba, an was du net alles denka muasch... ...

* * * * *

„De Gscheite gehet d'Hoor aus,
Sauköpf muass mr brüha."

Zu dumm

D'Welt isch voller Dummheit,
voller Dummheita
und d'Leit
sind so dumm
und findet sich drmit ab
und des
isch die gröscht Dummheit.

* * * * *

„Dr Fuchs frisst au an gscheita Gockel."

❄

„Au dr beschte Bauer ackert
mol a krumme Furch."

❄

„Jetzetle isch ganga" - hat dr Bettscheißer gsa.

Herbschtlich...

➜ wenn'd Lebkuacha in de Regal schtehet

➜ wenn mr obends nach'm Weschtle langt

➜ wenn sich vor lauter Schtara d'Dräht vobiaget

➜ wenn'd Essichmückla sirmlat

➜ und an de Schtroßaränder s'Obscht voreckt

➜ wenn'd Bluamazwiebla im Garta voschteckelsch

➜ und d'Sonn beizeita aus alle Wolka fällt

isch wieder Herbscht

November

Katzagrau tröpfelt dr Himmel uff'd Gass,
d'Wolka schlupfet schier in Boda nei,
klamm wird's um dr Hals rum.
Dr Hosasaum ziagt dunkle Ränder,
s'Wetter drückt von alle Seita in oin nei.

S'kommt runter in oim fort,
in oi Loch nei,
d'Häuser kriaget nasse Fiaß,
dr Putz kriagt Blätza.

D'Sonn hat sich a Auszeit gnomma -
übernomma
und dr Wind schaufelt Wasser rei,
d'Welt geht unter - Land unter.

Katzagrau -
hockt dr Himmel im Wald
und im Gmiat.

* * * * *

„Im Glas sind scho meh vosoffa
wia im Bodasee."

Hasch scho ghört?

Hasch scho ghört?
I hab's jo faschd net glauba könna,
aber d'Leit saget's
und wenn's dia saget,
muass scho ebbes dro sei.

Also,
vorschtella könnt i mr's guat,
bei dem,
und jetz, wo's überall rumvozählt wird.
Dabei däd i mr's kaum zum Saga traua,
net, dass mr in ebbes neikommt
und se oim hinterher kommet,
aber so,
wo's scho jeder weiß.

Mir persönlich fehlet ja dia Worte,
i bin koi so oiner,
wo glei alles weitervozähla muass,
des isch net mei Sach,
meine net,
des solla ondere macha.

Also horch zua...

Saukerle

Was hab i scho alles mitmacha müassa,
s'geht schier uff koi Kuahhaut,
was scho alles gwä isch,
wo i nia denkt hätt,
dass i's voleba müasst,
dass i's aushalta müasst,
dass i's aushalta könnt,
dass so geh däd
im Leba.

Was hab i scho alles mitmacha müassa
mit mir!

* * * * *

„Wenn i an Sechser hätt,
könntet mi alle fünfern."

S'ziagt sich

S'ziagt sich bis Dag wird,
s'ziagt sich bis zum Mittagessa,
s'ziagt sich bis zum Feierobend,
s'ziagt sich bis Weihnachta,
s'ziagt sich bis zur Rente,
s'ziagt sich bis fertich isch,
s'ziagt sich,
s'ganze Leba ziagt sich

so nore.

* * * * *

„Wenn's net so isch wia's sei sott,
isch's halt wia's isch."

*

„Liaber hindersche fier wia hindersche hott."

1984

I bin überwacht, videoüberwacht -
wega dr Sicherheit.

Se gugged in mi nei, mit'm Magnetschtreifa,
mit'm Tschipp-Kärtle -
wega dr Sicherheit.

I bin durchschaut, offa, transparent -
wega dr Sicherheit.

I bin näggedich -
koi Wunder, friert mi's so...

* * * * *

„Ama Zuagugger isch koi Ärwät zviel."

Reformhaus

Mir befindet uns scho längscht im Schtau. Im Reformschtau. Alles sott besser werda, oifacher, leichter, billicher. Wettbewerbsfähich müasset mr bleiba, global gseh, sonscht sei's vorbei mit „Meid in Tschermäni“.

S'Schteuersyschtem, d'Gsundheit, s'Beamtatum, alles muass uff dr Prüfschtand. Bloß rumflicka däd nix bringa, saget se, mr müasst von Grund uff und radikal...

Dr Bürger muass Eigavoantwortung eibringa, selber mit do - zahla. Mit am Bürger moinet se aber bloß dia kloine, dia normale Leit, dia, wo jeden Dag in ihr Gschäft gehet. Bei de ondere isch's a bissle onderscht. Wer heit Pulver hat, hat au Meglichkeita und will meglichscht wenich drfür do. Wer ebbes uff sich hält, volegt sein Wohnsitz in'd Schweiz, nach Öschtreich oder sonscht wo no und lacht sich in's Fäuschtle. Dia Kloine zahlet sich dubbelich, dia ondere findet Schlupflöcher.

Des sei legal, saget dia, wo's so eigrichtet hent. Mr darf im Ländle sei Milliona vodiena und braucht se im Ausland net voschteuern, des sei Wettbewerb. Wettbewerb isch au, wia sich alle oschtrenget, am kloina Mo in'd Tasch zum Langa.

Praxisgebühra, Schteuererhöhunga, Eigaoteil sind ondere Wörtla für des Geld, was dia Große nemme zahlet, weil se durch'd Gesetzesmascha gschlupft sind.

Aber net uffrega, dro ändra könnet mr sowieso nix. S'haut nämlich koi Politiker dia Hand ab, wo an füttert. Vielleicht zeiget sich a paar entrüschtet, wellet uffbegehra, aber dia sind garantiert zur Volksberuhigung vorgschoba.

Mir lebet halt in ma Reformhaus und des weiß i scho seit oisa kloi. Reformhaus-Sächla ko sich eba net jeder leischta!

* * * * *

„Uff dr Gaul, wo dr Karra ziagt, haut mr nei."

Kerzagrad nunder

D'Zigaretta werdet teurer,
d'Salatköpf,
d'Merzedes au -

s'geht uffwärts.

D'Olüagerei nimmt zua,
d'Schulda sowieso,
dr Schtaat will immer mehr -

s'geht uffwärts.

Mehr Sozialhilfeempfänger,
mehr Arbeitslose,
mehr Soldata an dr Hindukusch
oder sonscht wo no -

immer weiter, immer mehr.

D'Uwetter gebet sich Klinka in'd Hand,
s'Meer fangt o zum Schteiga,
wärmer wird's uff dr Welt -

immer weiter nuff.

Alles nimmt zua,
alles wird mehr -

s'geht uffwärts - kerzagrad -

aber hindersche...

* * * * *

„Siaß gsoffa - sauer zahlt."

❊

„Zehn Neider sind besser wia oin Mitleider."

❊

„Vom viela Schaffa vorecket d'Gäul."

Sonderbar

Jetz hat'r s'letschte Blatt falla lassa,
mein Gummibohm,
uff oimol
muass'r sich nimme wohlgfühlt haba,
wo i doch gar nix onderscht gmacht hab
wia sonscht.
Dr gleiche Topf hat'r ghett
mit dr gleicha Erda,
jede Woch oimol
lauwarms Wasser zum Giaßa
und immer dr gleiche Platz.
Nix isch onderscht gwä
und jetz,
uff oimol
schleicht'r sich drvo,
nach dreißich Johr -
der udankbare Dinger.

* * * * *

„Mit'm Alta ko mr's Neu erhalta."

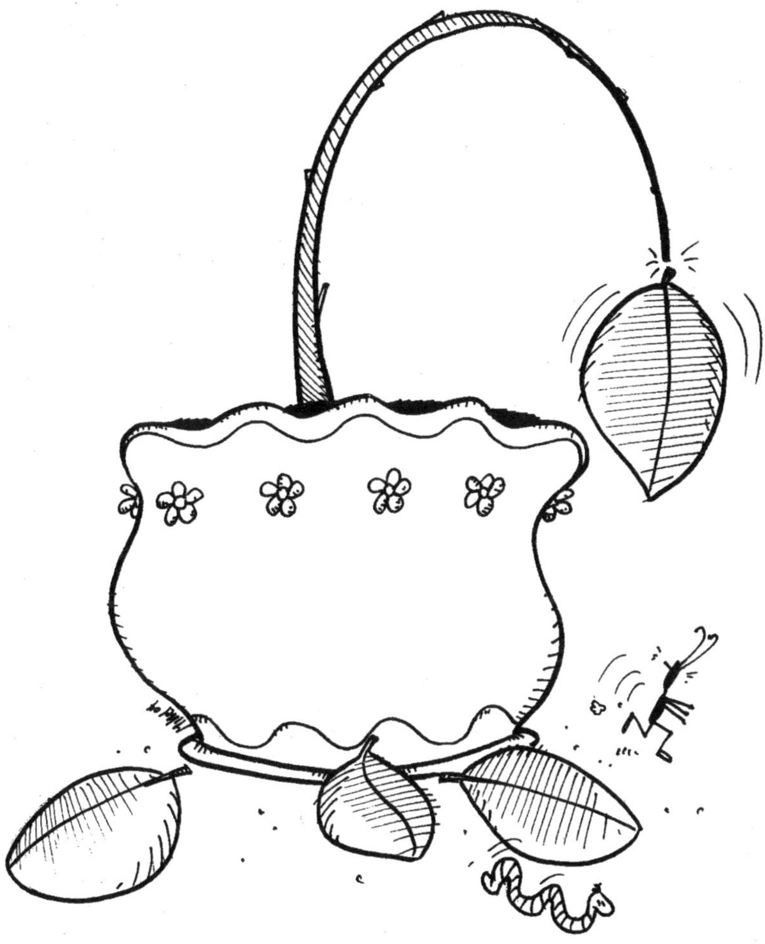

Hochseilgarta

Sich selber bezwinga,
alles überwinda,
Chef sei über sich selber und alle ondere,
Erfolgserlebnis pur,
so hoch über'm Boda,
abghoba sei,
Führungspositio am Sicherheitshaka.

*

Hätt nia denkt, dass i des pack
in schwindelnder Höhe.
I bin dr Gröschte
dort droba,
wo i doch
do drunda
so a klois Lichtle bin...

Wia jetz?

So

oder so

oder au so,

so no au wieder

oder au net,

au net so

oder so,

so au wieder net,

net so,

so,

sodele!

* * * * *

„Wo's Saufa a Ehr isch,
isch's Kotza koi Schand."

Ugfähr so...

a weng herb,
an Schuss derb,
a bissle stärch
und überzwerch.
Immer an Witz,
hintarum knitz,
manchsmol vorenkt,
meischt überlengt,
freiweg gradraus
und uff dr Sau naus.
Narret und grob,
geizich im Lob,
schtets am Sinniera
und schpinnisiera,
sachte behäb,
schparsam und bhäb,
zfrieda und brav,
bsonders im Schlaf.
Net überschwenglich,
leicht uzulänglich,
mit großem Herz,
voll Untergangsschmerz,
net hitzich, nia kalt,
so eba ugfähr -
so sind mr halt!

Voll

Voll mit Bilder,
voll mit Klang,
voll mit Gedanka,
voll mit Leba,
voll -
übervoll.

S'fehlet oim bloß dia rechte Auga,
dia rechte Ohra,
dr rechte Kopf,
no däd mr's voschteha -
s'Leba.

Bisher erschienen:

... dr Schwobaseckel
Band 1 ISBN 3-9806999-1-9

... dr Schwobaseckel
oder grad wia aus am Leba
Band 2 ISBN 3-9806999-0-0

... dr Schwobaseckel
oder so geht's zua im Ländle
Band 3 ISBN 3-9806999-2-7

... Rotzböbbela
und andere Kataschtrophen
ISBN 3-9806999-3-5

... Saitawürschtla
und weitere umegliche Tatsacha
ISBN 3-9806999-4-3

... Betthupferla
und ondere Kloinigkeita ISBN 3-9806999-5-1

... Gedanka-Breggela
Schwäbische Ansichten und Einsichten
ISBN 3-9806999-6-X

Zu erhalten im Buchhandel oder direkt beim
Verlag Albeck, Kirchgasse 14, 74223 Flein